ADA LOVELACE

LA ENCANTADORA DE NÚMEROS

Este es un tebeo sobre Ada Lovelace,
pero en realidad la ciencia no la hacen grandes genios
sino todos los científicos pensando juntos.

Jordi Bayarri
Guion y Dibujo

Dani Seijas
Color
Javier Moreno
Asistente de Color

Tayra MC Lanuza Navarro
Documentación y Supervisión Histórico-Científica
Enrique Ramos Peinado
Asistencia Técnica

COLECCIÓN CIENTÍFICOS 9.

Ada Lovelace, la encantadora de números. - 2ª edición.

Apdo. de Correos 112
46120 Alboraia (València)

Impreso en España.
ISBN 978-84-127615-9-7
Depósito Legal: V-2138-2024

www.coleccion-cientificos.com

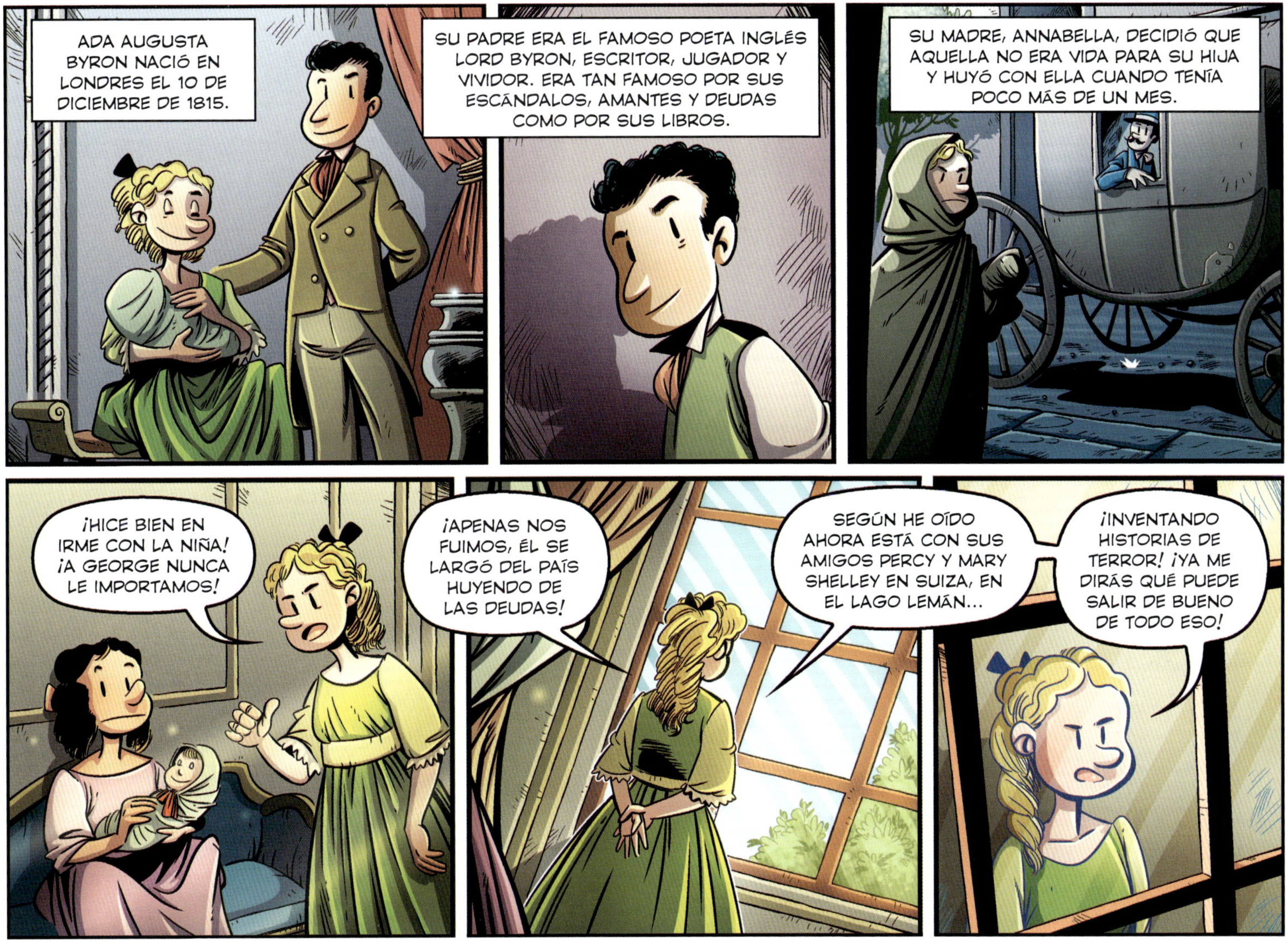
ADA AUGUSTA BYRON NACIÓ EN LONDRES EL 10 DE DICIEMBRE DE 1815.
SU PADRE ERA EL FAMOSO POETA INGLÉS LORD BYRON, ESCRITOR, JUGADOR Y VIVIDOR. ERA TAN FAMOSO POR SUS ESCÁNDALOS, AMANTES Y DEUDAS COMO POR SUS LIBROS.
SU MADRE, ANNABELLA, DECIDIÓ QUE AQUELLA NO ERA VIDA PARA SU HIJA Y HUYÓ CON ELLA CUANDO TENÍA POCO MÁS DE UN MES.
¡HICE BIEN EN IRME CON LA NIÑA! ¡A GEORGE NUNCA LE IMPORTAMOS!
¡APENAS NOS FUIMOS, ÉL SE LARGÓ DEL PAÍS HUYENDO DE LAS DEUDAS!
SEGÚN HE OÍDO AHORA ESTÁ CON SUS AMIGOS PERCY Y MARY SHELLEY EN SUIZA, EN EL LAGO LEMÁN...
¡INVENTANDO HISTORIAS DE TERROR! ¡YA ME DIRÁS QUÉ PUEDE SALIR DE BUENO DE TODO ESO!

¡PERO YO ME ENCARGARÉ DE QUE ELLA NO SIGA LOS PASOS DE SU PADRE!
ESTUDIARÁ MATEMÁTICAS, COMO YO.
"RECIBIRÁ LA MEJOR EDUCACIÓN, CON CLASES Y UN HORARIO ESTRICTO."
Y AHORA PRACTIQUEMOS LA REGLA DE TRES...
¡ESA LENGUA! ¡UNA DAMA NO SACA LA LENGUA!
SEGÚN EL MÉTODO PESTALOZZI QUE SEGUÍA SU MADRE, LOS NIÑOS DEBÍAN CONSTRUIR CON BLOQUES DE MADERA PARA ESTIMULAR SU IMAGINACIÓN.
¡PERO ADA TENÍA IMAGINACIÓN DE SOBRA!
¡YA LO TENGO!
PERO... ¡ESA NO ES LA FIGURA QUE DEBÍAS HACER!
¡LO SÉ! ¡PERO LA MÍA ME GUSTA MÁS!

¿QUÉ ESTÁS HACIENDO?
¿YA HAS TERMINADO TUS TAREAS?
DIBUJO UN INVENTO MÍO: UNAS ALAS PARA VOLAR BASADAS EN UN LIBRO DE ANATOMÍA DE LOS PÁJAROS QUE LEÍ AYER.
¿UNAS ALAS PARA VOLAR?
¡Y NO ES MI ÚNICO ARTILUGIO VOLADOR! ¡TAMBIÉN HE DISEÑADO UN CABALLO CON ALAS MOVIDO POR VAPOR!
¡MIRA!
¡MÁQUINAS VOLADORAS! ¡QUÉ ABSURDO!
¡DEBERÍAS ESTAR HACIENDO TUS TAREAS!
¡YA VERÁS! ¡CUANDO SEA MAYOR SERÉ UNA EXPERTA EN "VUELOLOGÍA"!

¡HOLA, SEÑORA PUFF! ¿VIENES A VER MIS DIBUJOS?
¡MEOW!
¡ESTOY DIBUJANDO UN MAPA DE LAS ESTRELLAS! ¡MIRA!
¿QUÉ TAL PRO-GRESA MI HIJA CON SUS ESTUDIOS?
¡ESTUPENDA-MENTE, LADY BYRON!
LE ENCANTAN LAS MATEMÁTICAS. AHORA ESTÁ LEYENDO EUCLIDES...
...DICE QUE ES "MUY DIVERTIDO".
QUIZÁ ME ESTÉ QUEDANDO CORTA. ¡ADA NECESITA UNA EDUCACIÓN MÁS COMPLETA!

¿Y BIEN, DOCTOR KING?
SU SALUD ES PERFECTA, LADY BYRON.
ME REFIERO A MI HIJA. ¿QUÉ PUEDO HACER PARA QUE DESARROLLE TODO SU POTENCIAL?
OH, SIN DUDA ES UNA JOVENCITA MUY INTELIGENTE... ¡SU CAPACIDAD PARA DEMOSTRAR LOS TEOREMAS MATEMÁTICOS ES ASOMBROSA!
PRECISAMENTE... QUIERO ASEGURARME DE QUE RECIBE UNA EDUCACIÓN ACORDE A SU CAPACIDAD.
SÍ, CLARO... BUENO, YO PUEDO DARLE CLASES Y SUPERVISAR SUS ESTUDIOS...
¡PERO SIN DUDA DEBE USTED BUSCAR CONSEJO EN ALGUIEN MÁS CAPAZ QUE YO EN ESTA MATERIA!

ES USTED UN GRAN PROFESOR, REVERENDO FREND, POR ESO VALORO MUCHO SU OPINIÓN.
NECESITO QUE ME ACONSEJE SOBRE LA EDUCACIÓN DE ADA, ESPECIALMENTE EN CIENCIAS.
POR SUPUESTO, LADY BYRON.
¿HA OÍDO USTED HABLAR DE MARY SOMERVILLE? ES UNA GRAN MATEMÁTICA Y ASTRÓNOMA. PUEDE SER UNA INSPIRACIÓN Y UNA BUENA INFLUENCIA PARA SU HIJA.
¡MIRA, MADRE!
¡LA AÑADIRÉ A MI COLECCIÓN DE FLORES Y PLANTAS!
¿MARY SOMERVILLE, DICE? LE AGRADECERÍA MUCHO QUE ME LA PRESENTARA.
ME GUSTARÍA IR A VISITARLA DESPUÉS DE NUESTRAS VACACIONES.

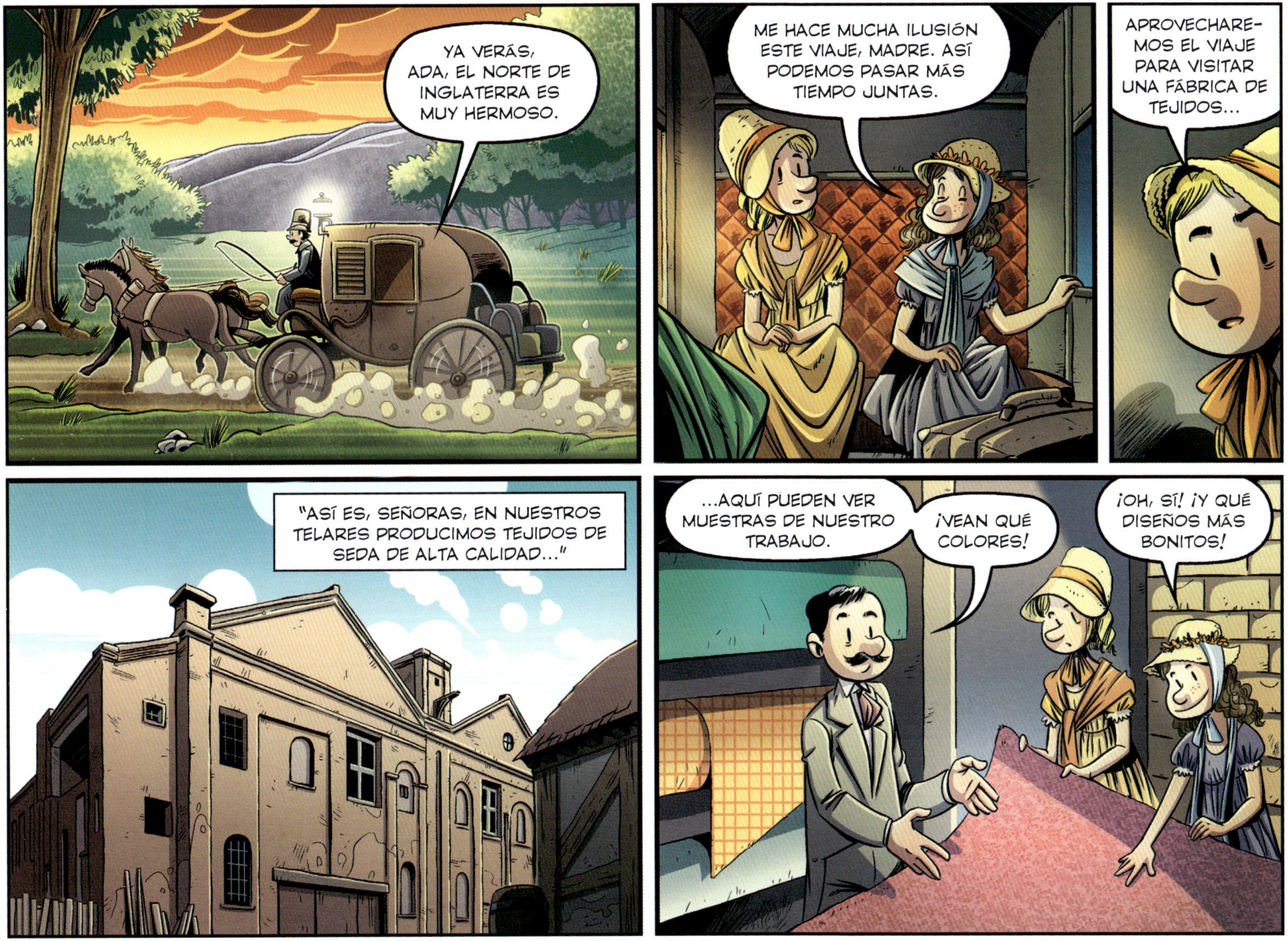
YA VERÁS, ADA, EL NORTE DE INGLATERRA ES MUY HERMOSO.
ME HACE MUCHA ILUSIÓN ESTE VIAJE, MADRE. ASÍ PODEMOS PASAR MÁS TIEMPO JUNTAS.
APROVECHAREMOS EL VIAJE PARA VISITAR UNA FÁBRICA DE TEJIDOS...
"ASÍ ES, SEÑORAS, EN NUESTROS TELARES PRODUCIMOS TEJIDOS DE SEDA DE ALTA CALIDAD..."
...AQUÍ PUEDEN VER MUESTRAS DE NUESTRO TRABAJO.
¡VEAN QUÉ COLORES!
¡OH, SÍ! ¡Y QUÉ DISEÑOS MÁS BONITOS!

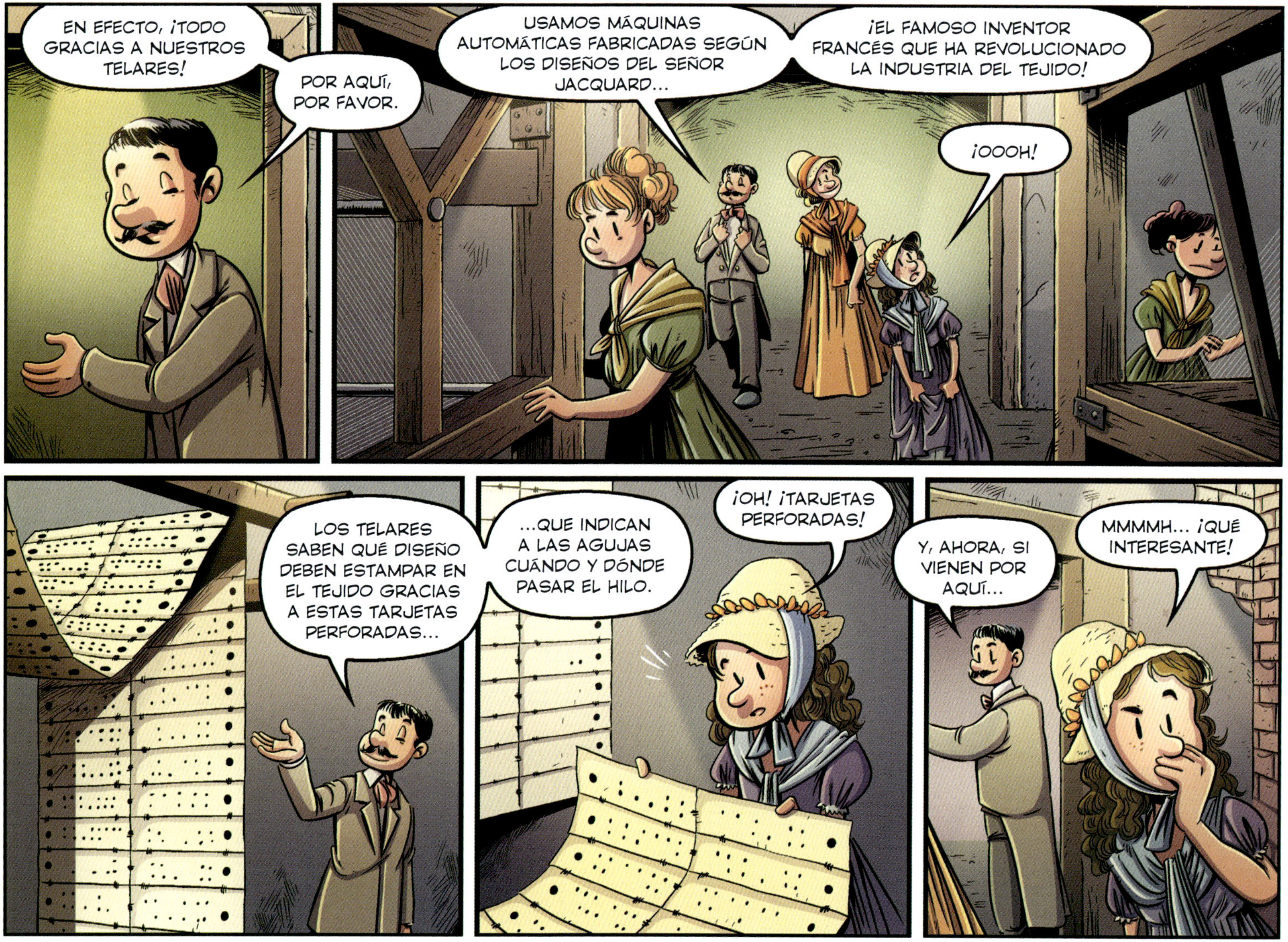
EN EFECTO, ¡TODO GRACIAS A NUESTROS TELARES!
POR AQUÍ, POR FAVOR.
USAMOS MÁQUINAS AUTOMÁTICAS FABRICADAS SEGÚN LOS DISEÑOS DEL SEÑOR JACQUARD...
¡EL FAMOSO INVENTOR FRANCÉS QUE HA REVOLUCIONADO LA INDUSTRIA DEL TEJIDO!
¡OOOH!
LOS TELARES SABEN QUÉ DISEÑO DEBEN ESTAMPAR EN EL TEJIDO GRACIAS A ESTAS TARJETAS PERFORADAS...
...QUE INDICAN A LAS AGUJAS CUÁNDO Y DÓNDE PASAR EL HILO.
¡OH! ¡TARJETAS PERFORADAS!
Y, AHORA, SI VIENEN POR AQUÍ...
MMMMH... ¡QUÉ INTERESANTE!

¿Y BIEN, SEÑORA SOMERVILLE?
¡POR SUPUESTO QUE ME ENCANTARÁ AYUDAR A LA JOVEN ADA!
HARÉ LO QUE PUEDA... AUNQUE NO SÉ SI SOY LA MÁS INDICADA PARA SERVIR DE MODELO A NADIE.
MI MARY ES MUY HUMILDE Y NO LE GUSTA PRESUMIR, PERO ELLA Y CAROLINE HERSCHEL SON LAS DOS ÚNICAS MUJERES DE LA ROYAL ASTRONOMICAL SOCIETY.
LAS MUJERES DEBEMOS AYUDARNOS, ¡NUESTRO CAMINO EN EL MUNDO DE LA CIENCIA NO ES NADA FÁCIL!
¡ESO ES LO QUE QUIERO PARA MI HIJA! ALGUIEN QUE LE GUÍE Y SEPA INDICARLE EL BUEN CAMINO.
¡ESTOY DISPUESTA A ENCERRARME EN CASA A ESTUDIAR SI HACE FALTA!
¡OH, NO! ¡NADA DE ESO! LA CIENCIA NO PUEDE PRACTICARSE EN SOLEDAD. ¡HAY QUE CONOCER Y CONVERSAR CON OTROS CIENTÍFICOS...

"LO PRIMERO QUE HAREMOS SERÁ INTRODUCIR A LA JOVEN ADA EN LAS REUNIONES SOCIALES MÁS CULTAS DE LONDRES."
ADELANTE, ADA. ¡SIN MIEDO!
Y... ¿ESTO ME VA A AYUDAR EN MI FORMACIÓN?
HE OÍDO QUE EL BEAGLE ARRIBÓ A LAS COSTAS DE BRASIL.
SÍ, EL NATURALISTA DE A BORDO, UN TAL DARWIN, ESTÁ HACIENDO GRANDES HALLAZGOS.
PERO... ¡TODO EL MUNDO HABLA DE CIENCIA!

¡POR SUPUESTO! EN ESTAS REUNIONES SOCIALES PUEDES ENCONTRAR A LAS PRINCIPALES MENTES DEL PAÍS...
"POR EJEMPLO, ALLÍ ESTÁ JOHN HERSCHEL, GRAN MATEMÁTICO E HIJO DEL FAMOSO ASTRÓNOMO WILLIAM HERSCHEL."
"EL DUQUE DE WELLINGTON, QUE DERROTÓ A NAPOLEÓN EN ESPAÑA Y EN WATERLOO Y AHORA OCUPA UN PUESTO EN EL GOBIERNO."
"O CHARLES LYELL, QUE ACABA DE PUBLICAR SUS *PRINCIPIOS DE GEOLOGÍA*, QUE TANTO ESTÁN DANDO QUE HABLAR."
¡DAMAS Y CABALLEROS, POR FAVOR!
SI TIENEN A BIEN PRESTARME SU ATENCIÓN...
¿Y ESE? ¿QUIÉN ES?
¡OH! ES CHARLES BABBAGE.
MATEMÁTICO E INGENIERO, ¡UN VISIONARIO! ESCUCHEMOS LO QUE VA A DECIR...

VEAN ESTE RETRATO DE JOSEPH MARIE JACQUARD, EL CREADOR DEL TELAR AUTOMÁTICO QUE LLEVA SU NOMBRE.
PARECE UN DIBUJO, ¿VERDAD? O UN GRABADO.
¡PUES NO! ¡ESTÁ TEJIDO! ¡CON UNO DE SUS PROPIOS TELARES!
Y LO QUE YO PROPONGO ES: SI UN SIMPLE TELAR ES CAPAZ DE TANTA PRECISIÓN...
¿QUÉ PODRÍAMOS HACER CON UNA MÁQUINA DE CALCULAR QUE USASE EL MISMO SISTEMA?
PERO, ¿PARA QUÉ QUEREMOS UNA MÁQUINA ASÍ?
PARA CONFECCIONAR TABLAS DE CÁLCULO, CLARO ESTÁ.
TABLAS PRECISAS, SIN ERRORES HUMANOS... PARA LA INDUSTRIA, LA CARTOGRAFÍA...
PARA LA NAVEGACIÓN. LAS TABLAS DE CÁLCULO SON VITALES PARA LA ARMADA DE SU MAJESTAD.

"CUANDO LOS BAJELES DE NUESTRA ARMADA SURCAN LOS OCÉANOS DEL MUNDO NECESITAN DE LAS MATEMÁTICAS PARA FIJAR SU RUTA, LLEGAR A BUEN PUERTO Y NO ENCALLAR."
"LOS NAVEGANTES MIDEN LA POSICIÓN DE LAS ESTRELLAS CON SUS SEXTANTES..."
"...Y PROCEDEN A REALIZAR LOS CÁLCULOS QUE LES PERMITIRÁN CONOCER SU RUMBO..."
"¡PERO SON CÁLCULOS MUY COMPLEJOS, TARDARÍAN MUCHO EN HALLAR EL RESULTADO CADA VEZ."
"...ASÍ QUE EN SU LUGAR LOS CONSULTAN EN TABLAS PREVIAMENTE PREPARADAS."
"PERO SI LOS RESULTADOS DE LAS TABLAS NO ESTÁN BIEN..."
¡LAS TABLAS ERRÓNEAS HAN HUNDIDO MÁS BARCOS DE LA ARMADA QUE LOS BUQUES ENEMIGOS!

Y PRECISAMENTE ESO ES LO QUE ESTOY HACIENDO CON MI MÁQUINA DIFERENCIAL, ¡UN INGENIO CAPAZ DE CALCULAR POR SÍ SOLO OPERACIONES MATEMÁTICAS COMPLEJAS!
¡ASOMBROSO!
¡QUÉ INTE-RESANTE!
VENID, OS LO PRESENTARÉ.
SEÑOR BABBAGE, SI TIENE UN MOMENTO...
...QUISIERA PRESENTARLE A LADY BYRON Y SU JOVEN HIJA ADA, A LA QUE HA INTERESADO MUCHO TODO LO RELATIVO A SU MÁQUINA.
¡OH, SÍ! ¡SU INGENIO PARA CALCULAR ES FASCINANTE!
SI TANTO LES INTERESA MI MÁQUINA DIFERENCIAL LES INVITO A VENIR A MI CASA ALGÚN DÍA...
...Y CON MUCHO GUSTO LES EXPLICARÉ TODO LO QUE DESEEN SABER...
¡E INCLUSO LES ENSEÑARÉ LA PARTE QUE YA HEMOS CONS-TRUIDO!

Y ASÍ, EN CASA DE BABBAGE...
¡BIENVENIDAS! ADELANTE, PASEN...
EN ESTA SALA PUEDEN VER MI COLECCIÓN DE AUTÓMATAS Y OTROS ARTILUGIOS MECÁNICOS.
LOS AUTÓMATAS ME FASCINAN DESDE NIÑO...
...ESTOS DOS, POR EJEMPLO, LOS COMPRÉ A UN CIRCO QUE HABÍA CERCA DE LA CASA DE MIIS PADRES. ¡SON EXQUISITOS!
¡SIEMPRE ME HAN INTERESADO LAS MATEMÁTICAS Y LA INGENIERÍA! ¿SABEN QUE IMPARTÍ CLASES EN CAMBRIDGE? ¡OCUPÉ LA MISMA CÁTEDRA QUE SIR ISAAC NEWTON!
"PRECISAMENTE EN CAMBRIDGE FORMÉ JUNTO A MIS AMIGOS JOHN HERSCHEL Y GEORGE PEACOCK LA SOCIEDAD ANALÍTICA, PARA REFORMAR LAS MATEMÁTICAS..."

"TAMBIÉN CON HERSCHEL VIAJÉ A FRANCIA, DONDE CONOCIMOS A GASPARD DE PRONY, EL CÉLEBRE MATEMÁTICO, QUE SE ENCONTRABA INMERSO EN UNA TAREA TITÁNICA."
"PUES JUSTO EN AQUELLA ÉPOCA LOS FRANCESES ACABABAN DE CREAR Y ADOPTAR EL SISTEMA MÉTRICO, LO QUE LES OBLIGÓ A REHACER TODAS SUS MEDIDAS..."
"...SUS TABLAS DE CÁLCULO, SUS MAPAS... TODO."
"PARA ELLO CONTRATARON A GRAN CANTIDAD DE OPERARIOS, MUCHOS DE ELLOS PELUQUEROS..."
"¡A CAUSA DE LA REVOLUCIÓN SE HABÍAN QUEDADO SIN TRABAJO!"
"PERO LA MAYORÍA DE AQUELLA GENTE APENAS TENÍA CONOCIMIENTOS DE MATEMÁTICAS, SABÍAN SUMAR Y RESTAR Y POCO MÁS..."
"...ASÍ QUE LES DESCOMPUSIERON LAS OPERACIONES MÁS COMPLEJAS EN OTRAS MÁS SENCILLAS QUE FUERAN CAPACES DE HACER."
"LOS LLAMABAN 'COMPUTADORES'."

¡Y ESE ES EL MISMO SISTEMA QUE USO YO EN MI MÁQUINA! PERO USANDO RUEDAS Y ENGRANAJES EN LUGAR DE PERSONAS.
¡AQUÍ TIENEN UNA PEQUEÑA PARTE DE LA MISMA!
CUANDO ESTÉ TERMINADA SERÁ CAPAZ DE CALCULAR FUNCIONES POLINÓMICAS UNA VEZ PROGRAMADA CON TARJETAS PER-FORADAS.
¡PIENSEN EN TODAS LAS TABLAS LOGARÍTMICAS QUE PODRÁ CALCULAR! ¡Y SIN ERRORES!
¡UNA NUEVA ERA PARA LAS MATEMÁ-TICAS!
¡ES MARAVILLOSA! Y SÍ... ¡TIENE TANTAS POSIBILIDADES!
¡CELEBRO QUE LAS NUEVAS GENERACIONES APRECIEN EL VALOR DE MI CREACIÓN!

¡Y TANTO QUE LO APRECIO! ¡SUS IDEAS Y SU INVENTO SON INCREÍBLES!
¡QUIERO ESTAR AL CORRIENTE DE SUS PROGRESOS! ¿ME DA SU PERMISO PARA ESCRIBIRLE Y CONSULTARLE MIS DUDAS?
UH... SÍ, CLARO.
SI QUIERE SABER MÁS SOBRE MI MÁQUINA TAMBIÉN PUEDE ASISTIR A LAS CONFERENCIAS QUE IMPARTE EL PROFESOR DIONYSIUS LARDNER, EL CÉLEBRE DIVULGADOR DE LA CIENCIA...
"SIN DUDA SERÁN DE SU INTERÉS."
Dionysius Lardner
...
Difference Engine
LOS ERRORES EN LAS TABLAS LOGARÍTMICAS SON UN PROBLEMA.
¡UN PROBLEMA NACIONAL, ME ATREVERÍA A DECIR! PUES PONE EN RIESGO LOS TRANSPORTES Y LA INDUSTRIA DE TODO NUESTRO PAÍS.
LA SOLUCIÓN: CALCULARLAS USANDO LA MÁQUINA DIFERENCIAL DE CHARLES BABBAGE.
¡MMH!

Y PASA EL TIEMPO.
¡SIGH!
¿QUÉ OCURRE, ADA?
NO LO SÉ, WILLIAM... LLEVAMOS UNA VIDA PERFECTA, CON NUESTROS HIJOS, NUESTRA HACIENDA...
...INCLUSO LA REINA VICTORIA NOS CONCEDIÓ EL TÍTULO DE CONDES DE LOVELACE CON MOTIVO DE SU CORONACIÓN...
¡PERO ME ABURRO Y SIENTO QUE ALGO ME FALTA!
ESTOY PENSANDO EN RETOMAR MIS ESTUDIOS DE MATEMÁTICAS.
CLARO, ¿POR QUÉ NO? ¡DE NIÑA TE ENCANTABAN!
BUENO... PERO DEBERÍA PONERME AL DÍA...
¡LLEVO TANTO SIN ESTUDIAR! HE DE TOMAR CLASES... QUIZÁ MI MADRE ME PUEDA RECOMENDAR ALGÚN PROFESOR...

Y POR ESO HE VENIDO A VERLE, SEÑOR DE MORGAN, MI MADRE ME HA DICHO QUE USTED ES UN PROFESOR NOTABLE.
BUENO, IMPARTO CLASES DE MATEMÁTICAS EN EL UNIVERSITY COLLEGE DE LONDRES... PERO TAMBIÉN DOY CLASES PRIVADAS, CLARO.
LO QUE OBSERVO POR SUS NOTAS Y TRABAJOS ES QUE SU EDUCACIÓN MATEMÁTICA ES MUY IRREGULAR...
...MUY AVANZADA EN ALGUNOS ASPECTOS Y MUY BÁSICA EN OTROS, ¡ESO HAY QUE REMEDIARLO!
ES CIERTO, MI FORMACIÓN HA SIDO ERRÁTICA Y NO HE SEGUIDO NINGÚN MÉTODO CONCRETO.
LO ARREGLAREMOS. USAREMOS MI MANUAL SOBRE CÁLCULO DIFERENCIAL E INTEGRAL PERO LE ADVIERTO...
¡ES UN POCO DENSO!
BAM
¡GASP!

ESTOY REPASANDO SUS ÚLTIMOS EJERCICIOS Y... ¡HUM! AQUÍ HAY UN ERROR.
NO LE DIRÉ DÓNDE ESTÁ. HA DE ENCONTRARLO USTED POR SÍ MISMA.
¡AH! ¡CLARO!
¡QUÉ FALLO MÁS TONTO!
PRECISAMENTE. NO SEA TAN ANSIOSA.
ABORDE LOS PROBLEMAS CON CALMA Y SIN PRECIPITARSE.
¡GRACIAS! AHORA DEBO IRME, ¡HE QUEDADO CON UN VIEJO AMIGO!

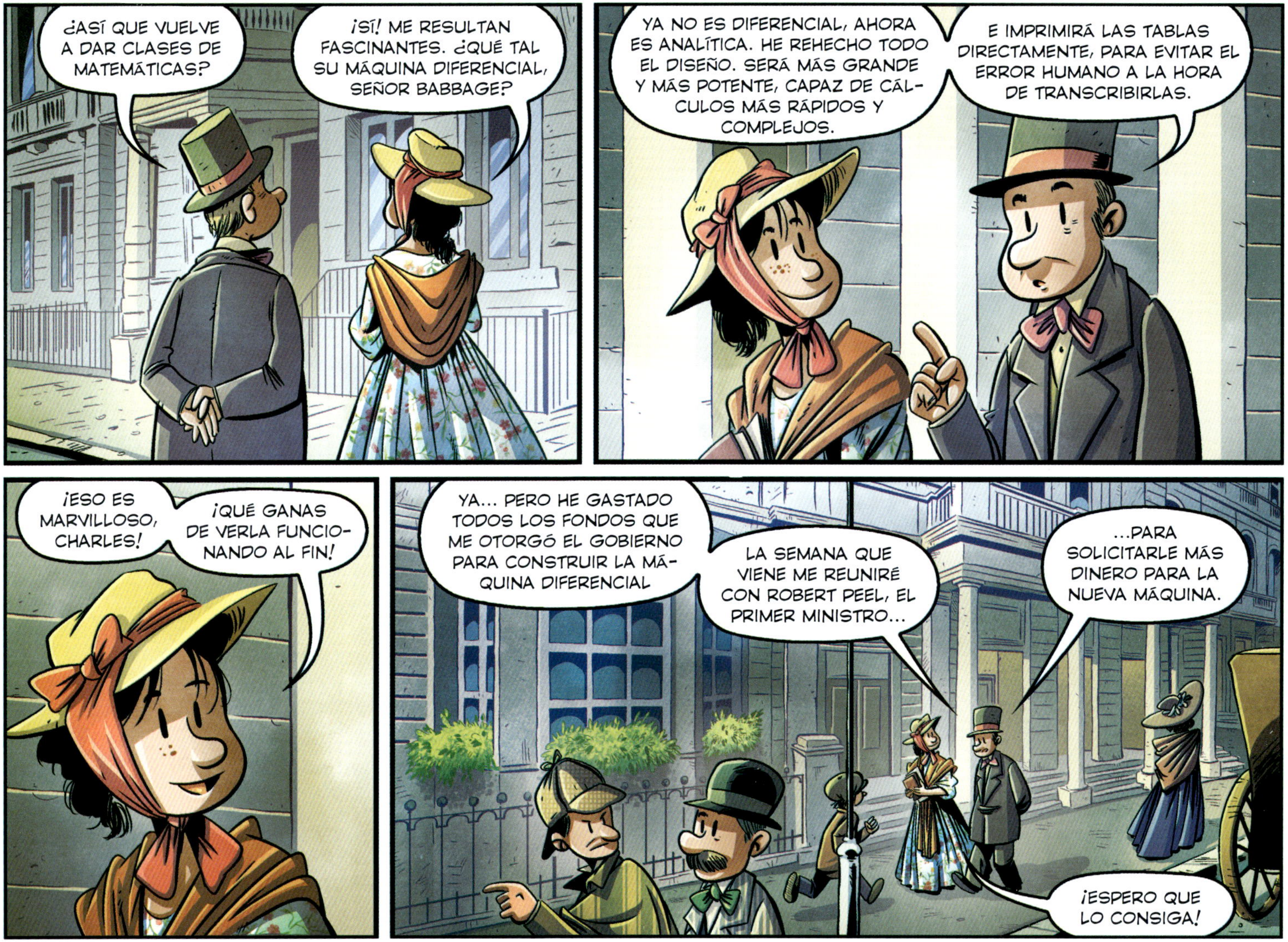
¿ASÍ QUE VUELVE A DAR CLASES DE MATEMÁTICAS?
¡SÍ! ME RESULTAN FASCINANTES. ¿QUÉ TAL SU MÁQUINA DIFERENCIAL, SEÑOR BABBAGE?
YA NO ES DIFERENCIAL, AHORA ES ANALÍTICA. HE REHECHO TODO EL DISEÑO. SERÁ MÁS GRANDE Y MÁS POTENTE, CAPAZ DE CÁLCULOS MÁS RÁPIDOS Y COMPLEJOS.
E IMPRIMIRÁ LAS TABLAS DIRECTAMENTE, PARA EVITAR EL ERROR HUMANO A LA HORA DE TRANSCRIBIRLAS.
¡ESO ES MARVILLOSO, CHARLES!
¡QUÉ GANAS DE VERLA FUNCIONANDO AL FIN!
YA... PERO HE GASTADO TODOS LOS FONDOS QUE ME OTORGÓ EL GOBIERNO PARA CONSTRUIR LA MÁQUINA DIFERENCIAL
LA SEMANA QUE VIENE ME REUNIRÉ CON ROBERT PEEL, EL PRIMER MINISTRO...
...PARA SOLICITARLE MÁS DINERO PARA LA NUEVA MÁQUINA.
¡ESPERO QUE LO CONSIGA!

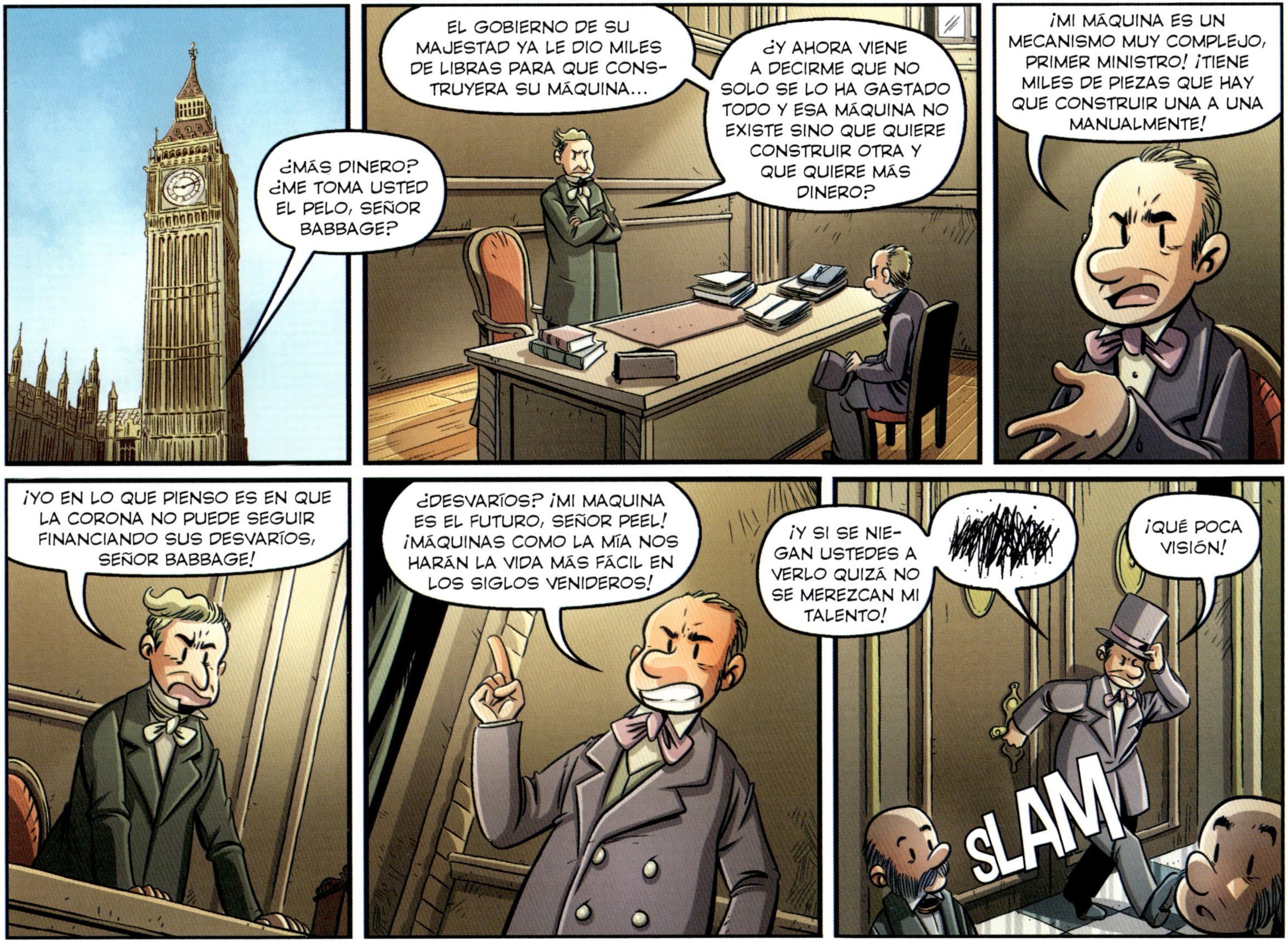
¿MÁS DINERO? ¿ME TOMA USTED EL PELO, SEÑOR BABBAGE?
EL GOBIERNO DE SU MAJESTAD YA LE DIO MILES DE LIBRAS PARA QUE CONSTRUYERA SU MÁQUINA...
¿Y AHORA VIENE A DECIRME QUE NO SOLO SE LO HA GASTADO TODO Y ESA MÁQUINA NO EXISTE SINO QUE QUIERE CONSTRUIR OTRA Y QUE QUIERE MÁS DINERO?
¡MI MÁQUINA ES UN MECANISMO MUY COMPLEJO, PRIMER MINISTRO! ¡TIENE MILES DE PIEZAS QUE HAY QUE CONSTRUIR UNA A UNA MANUALMENTE!
¡YO EN LO QUE PIENSO ES EN QUE LA CORONA NO PUEDE SEGUIR FINANCIANDO SUS DESVARÍOS, SEÑOR BABBAGE!
¿DESVARÍOS? ¡MI MAQUINA ES EL FUTURO, SEÑOR PEEL! ¡MÁQUINAS COMO LA MÍA NOS HARÁN LA VIDA MÁS FÁCIL EN LOS SIGLOS VENIDEROS!
¡Y SI SE NIEGAN USTEDES A VERLO QUIZÁ NO SE MEREZCAN MI TALENTO!
¡QUÉ POCA VISIÓN!
SLAM

POCO DESPUÉS, EN ITALIA.
...Y HASTA AQUÍ MI DISERTACIÓN SOBRE MI MÁQUINA ANALÍTICA.
MUCHAS GRACIAS A LA ACADEMIA DE LAS CIENCIAS DE TURÍN POR INVITARME A EXPONERLES MI TRABAJO.
SIGNORE BABBAGE, SI ME PERMITE...
ME LLAMO LUIGI MENABREA Y SOY PROFESOR DE MECÁNICA AQUÍ, EN LA UNIVERSIDAD DE TURÍN...
...ME DISPONGO A ESCRIBIR UN ARTÍCULO SOBRE SU MÁQUINA.
¡ENCANTADO! MUCHO GUSTO.
ME GUSTARÍA QUE ME CONTARA MÁS DETALLES DE SU INGENIO, SI NO TIENE INCONVENIENTE.
¡OH, SERÁ UN PLACER! ¡YO SIEMPRE ESTOY DISPUESTO A HABLAR DE MI CREACIÓN!

¡ESTE ARTÍCULO ES ASOMBROSO, BABBAGE! ¡Y TODO TAN BIEN EXPUESTO!
ESTE TAL MENABREA SÍ QUE SABE.
YA LO CREO, WHEATSTONE.
¡EN EL EXTRANJERO SÍ QUE SE HAN DADO CUENTA DE LA IMPORTANCIA DE MI MÁQUINA!
SI LA GENTE DE ESTE PAÍS LO LEYERA CONOCERÍAN LA MAGNITUD DE MI OBRA Y SU VERDADERO VALOR.
¡PERO ESTÁ EN FRANCÉS! NO LO LEERÁ NADIE Y ME SEGUIRÁN CERRANDO LAS PUERTAS Y LAS POSIBILIDADES DE FINANCIACIÓN.
BUENO...
¡PUEDO TRADUCIRLO YO! SÉ FRANCÉS.
¡ES VERDAD! Y ADEMÁS, SABE MATEMÁTICAS Y CONOCE TU TRABAJO, ¡ES LA PERSONA IDEAL!
¡Y LUEGO LO PUBLICAMOS!
MMH...

AUNQUE EL ARTÍCULO ES MUY COMPLETO HAY COSAS QUE NO CREO QUE ESTÉN MUY CLARAS. HE PENSADO QUE PODRÍA AÑADIR UNAS NOTAS EXPLICANDO LAS PARTES MÁS IMPORTANTES.
SÍ, ¡BIEN PENSADO!
ES ESENCIAL QUE QUEDE BIEN CLARO QUE LA MÁQUINA TOMA LOS NÚMEROS DE LA PARTE QUE YO LLAMO "EL ALMACÉN"...
...Y LOS USA EN LA OTRA PARTE, "EL MOLINO", DONDE REALIZA LAS OPERACIONES QUE SE LE HAN ORDENADO.
Y QUE UN MISMO NÚMERO PUEDE SIGNIFICAR COSAS DISTINTAS. UN DOS EN "EL ALMACÉN" ES UN VALOR, PERO UN DOS EN "EL MOLINO" PUEDE QUERER DECIR "AL CUADRADO".
Y, POR SUPUESTO, LAS OPERACIONES SE LAS INDICAMOS MEDIANTE TARJETAS PERFORADAS.
¡EXACTO!
ESA DIFERENCIA ENTRE DATOS Y OPERACIONES ME PARECE MUY IMPORTANTE.
POR ESO EN UNA DE LAS NOTAS HE EMPEZADO A...
¡AH! ¡AQUÍ ESTÁ! LA NOTA G.

HE PREPARADO UN DIAGRAMA PARA MOSTRAR TODOS LOS PASOS QUE LA MÁQUINA DA SI LA PREPARAMOS PARA QUE CALCULE SOLA LOS NÚMEROS DE LA SECUENCIA DE BERNOULLI.
¿SÍ? A VER...
ES UN EJEMPLO DE CÓMO LA MÁQUINA PUEDE OPERAR POR SÍ SOLA SIEMPRE QUE SE LE DEN LAS INSTRUCCIONES MATEMÁTICAS ADECUADAS.
¡ASOMBROSO!
¡Y ESTO ES SOLO EL PRINCIPIO!
LA MÁQUINA ANALÍTICA TEJE PATRONES ALGEBRAI-COS IGUAL QUE UN TELAR DE JACQUARD TEJE HOJAS Y FLORES.
¡Y CON MATEMÁTICAS SE EXPRESAN LOS GRANDES HECHOS DEL MUNDO NATURAL!
PIÉNSELO BIEN, CHARLES...
NO SOLO HARÁ TABLAS... ¡HASTA PODRÍA COMPONER MÚSICA!
¡UH! ¿SÍ?

¿ADA? ¿SIGUES PENSANDO EN LA TRADUCCIÓN? ¿NO LA HABÍAS TERMINADO?
OH, SÍ, YA ESTÁ TERMINADA.
AHORA ESTABA PENSANDO SI ES CONVENIENTE QUE UNA DAMA DE MI POSICIÓN FIRME UN ARTÍCULO DE ESTAS CARACTERÍSTICAS...
BUENO, NO SÉ...
¿Y POR QUÉ NO DEBERÍA SERLO? ¿ACASO NO LO HAS TRADUCIDO TÚ? ¡INCLUSO HAS AÑADIDO NOTAS MEJORÁNDOLO!
LLEVAS TODA LA VIDA ESTUDIANDO Y ESTE ES EL MOMENTO DE MOSTRARLE AL MUNDO TODO TU CONOCIMIENTO.
¡HAN DE SABER QUIÉN LO HA HECHO!
SI NO QUIERES FIRMARLO CON TU NOMBRE COMPLETO AL MENOS PON TUS INICIALES.
¡DE ACUERDO!

¡VAYA CARA TRAE, CHARLES! ¿QUÉ OCURRE?
TUVE UNA DISCUSIÓN CON GEORGE AIRY, EL ASTRÓNOMO REAL...
¡Y HA HABLADO EN MUY MALOS TÉRMINOS DE MÍ Y DE MI MÁQUINA A LOS MIEMBROS DEL GOBIERNO!
¡AHORA YA NADIE EN UN PUESTO IMPORTANTE QUIERE REUNIRSE CONMIGO PARA QUE LE INTENTE CONVENCER DE LA NECESIDAD DE VOLVER A FINANCIARLA!
HE PENSADO QUE PODRÍAMOS INCLUIR CON EL ARTÍCULO DE MENABREA UNA CRÍTICA, ANÓNIMA POR SUPUESTO, A LA ESTUPIDEZ DE LOS GOBERNANTES INCAPACES DE VER EL VALOR Y LAS BONDADES DE MI MÁQUINA.
¡DE NINGUNA MANERA!
¡ESA ES UNA IDEA PÉSIMA, CHARLES!
¡UN AÑADIDO ASÍ LE QUITARÍA TODO EL VALOR OBJETIVO Y CIENTÍFICO AL ARTÍCULO!
¿UH? PERO...
¡NADIE TOMARÁ EN SERIO UN ARTÍCULO QUE EMPIEZA CON UNA DE SUS PERORATAS AUTOCOMPLACIENTES!
¡NO HE TRADUCIDO Y HECHO NOTAS PARA ECHARLO TODO A PERDER A ÚLTIMA HORA!
¡LO QUE FALTABA!
¡ES MI MÁQUINA Y SE HARÁ COMO YO DIGA!

Y AL FIN...
SKETCH
ANALYTICAL ENGINE
¡ESTE ARTÍCULO ES MUY INTERESANTE, SEÑOR LYELL! ¡Y LAS NOTAS DEL TRADUCTOR SON EXCELENTES!
TRADUCTORA. ES OBRA DE ADA KING, CONDESA DE LOVELACE.
EL SEÑOR BABBAGE ESTABA EN EMPEÑADO EN INCLUIR CIERTO TEXTO, PERO AL FINAL CONVENCÍ A LA EDITORIAL DE QUE ERA MEJOR PRESCINDIR DE ELLO Y PUBLICARLO TAL CUAL LO HA LEÍDO USTED.
¡MÁS CARTAS DE ENHORABUENA POR EL ARTÍCULO!
¡NO DEJAN DE LLEGAR!
MARY SOMERVILLE, DESDE ITALIA, ME FELICITA POR MI TRABAJO.
¡Y TAMBIÉN EL SEÑOR FARADAY!
Y AQUÍ OTRA DE AUGUSTUS DE MORGAN. ESTA ES LA QUE MÁS VALORO YO, HIJA MÍA.

¡ESA MUJER ME FASCINA Y ME EXASPERA, AMIGO FARADAY!
¡NO ATIENDE A RAZONES CUANDO INTENTO EXPONERLE MI PUNTO DE VISTA!
¡PERO ES CAPAZ DE COMPRENDER MI MÁQUINA Y SUS POSIBILIDADES MEJOR QUE YO MISMO!
¡Y LOS CÁLCU-LOS!
¡LAS OPERACIONES MÁS COMPLEJAS NO SON NADA PARA ELLA! ¡ES COMO UNA ENCANTADORA DE NÚMEROS!
¡NO LE DES MÁS VUELTAS, BABBAGE! SABES QUE NECESITAS DE SU VISIÓN. ¡SU MENTE LLEGA MÁS ALLÁ QUE LA TUYA!
SU CREATIVIDAD LE PERMITE CONCEBIR POSIBILIDADES QUE TÚ NO LLEGAS A IMAGINAR, ¡NO OLVIDES QUE ES HIJA DE LORD BYRON!

GRACIAS POR INVITARME A VENIR A LA EXPOSICIÓN UNIVERSAL, CHARLES...
...LLEVO UNA TEMPORADA INDISPUESTA Y SALIR A TOMAR EL AIRE ME SENTARÁ BIEN.
YO QUERÍA PEDIRLE DE NUEVO DISCULPAS, ADA... YO...
NO PIENSE MÁS EN ESO, CHARLES, ¡ESO ES EL PASADO! ¡HAY QUE MIRAR HACIA EL FUTURO!
¡CONTEMPLE TODO LO QUE NOS RODEA!
¡EL FUTURO ESTARÁ LLENO DE INGENIOS MARAVILLOSOS QUE HARÁN LA VIDA DEL SER HUMANO MEJOR Y MÁS FÁCIL!
¡Y SU MÁQUINA SERÁ UNO DE ELLOS!
¿DE VERDAD LO CREE, ADA?
¡POR SUPUESTO! ¡CONFÍE EN MÍ!
¡LO TENGO TODO CALCULADO!
FIN

Quién es quién en el mundo de

ADA LOVELACE

Textos: Tayra Lanuza
Dibujos: Jordi Bayarri

George Gordon, lord Byron (1788-1824).

LORD BYRON, EL PADRE DE ADA, FUE UNO DE LOS MÁS FAMOSOS POETAS INGLESES Y FIGURA PRINCIPAL DEL MOVIMIENTO ROMÁNTICO. ESCRIBIÓ UN GRAN NÚMERO DE OBRAS, LAS MÁS FAMOSAS SU POEMA EN DIECISIETE CANTOS *DON JUAN*, Y OTRAS COMO *LA NOVIA DE ABIDOS*, *EL CORSARIO*, O EL POEMA EN EL QUE MENCIONA A SU HIJA, *LA PEREGRINACIÓN DE CHILDE HAROLD*. BYRON, VIAJERO INCANSABLE, FUE UNA GRAN CELEBRIDAD EN SU ÉPOCA, TANTO POR SUS POEMAS COMO POR LOS ESCÁNDALOS DE SU VIDA PERSONAL, SUS AVENTURAS AMOROSAS CON HOMBRES Y MUJERES, LA HIJA QUE TUVO CON SU MEDIO HERMANA AUGUSTA Y LA QUE TUVO CON UNA PARIENTE DE MARY SHELLEY. SE UNIÓ A LA LUCHA POR LA INDEPENDENCIA DE GRECIA, DONDE MURIÓ.

William King, conde de Lovelace (1805-1893).

LORD WILLIAM KING, DE FAMILIA NOBLE CON EL TÍTULO DE BARÓN FUE NOMBRADO VIZCONDE OCKHAM Y CONDE DE LOVELACE EN 1838 TRES AÑOS DESPUÉS DE SU MATRIMONIO CON ADA. TUVIERON TRES HIJOS: BYRON, ANNABELLA Y RALPH. KING TENÍA TAMBIÉN INTERESES CIENTÍFICOS ESPECIALMENTE CENTRADOS EN LAS MEJORAS AGRÍCOLAS Y DE CONS-TRUCCIÓN DE INFRAESTRUCTURAS QUE APLICÓ EN SUS FINCAS EN SURREY, Y PUBLICO ARTÍCULOS SOBRE ESTOS TEMAS. APOYÓ Y ANIMÓ A ADA EN SUS ESTUDIOS Y SU TRABAJO CIENTÍFICO.

Annabella Noel Milbanke, lady Byron (1792-1860).

DE FAMILIA NOBLE, HIJA DE UN MIEMBRO DEL PARLAMENTO CON TIERRAS Y MINAS EN DURHAM, Y DE LA HEREDERA DEL TÍTULO DE BARONESA DE WENTWORTH, LA MADRE DE ADA, ANNE ISABELLA, LA MADRE DE ADA, RECIBIÓ UNA EXCELENTE EDUCACIÓN, INCLUYENDO HISTORIA POESÍA Y LITERATURA, FRANCÉS, ITALIANO, LATÍN Y GRIEGO, Y MOSTRÓ UN INTERÉS EN FILOSOFÍA, MATEMÁTICAS Y CIENCIA. TRAS EL FRACASO DE SU MATRIMONIO CON LORD BYRON, SE ENCARGÓ DE LA EDUCACIÓN DE SU HIJA, INSISTIENDO EN LAS CUESTIONES MORALES, DE HISTORIA Y ECONOMÍA POLÍTICA, AUNQUE ANIMANDO TAMBIÉN SUS INTERESES MATEMÁTICOS Y ESTUDIOS DE HISTORIA NATURAL.

William Frend (1757-1841).

FREND ERA UN CLÉRIGO, MATEMÁTICO Y REFORMADOR SOCIAL QUE PERDIÓ SUS DERECHOS COMO MIEMBRO DE LA UNIVERSIDAD DE CAMBRIDGE TRAS UN JUICIO POR SUS IDEAS SOBRE LA TRINIDAD, DEJANDO LA IGLESIA DE INGLATERRA PARA UNIRSE A LA UNITARIA. HABÍA SIDO TUTOR DE ANNABELLA BYRON CUANDO NIÑA, Y LA ACONSEJÓ SOBRE LA EDUCACIÓN MORAL Y MATEMÁTICA DE ADA LOVELACE. ANIMÓ EL INTERÉS EN ASTRONOMÍA DE ADA Y RECOMENDÓ, COMO KING, UN SISTEMA TRADICIONAL DE ESTUDIO, INCLUYENDO SU PROPIO TRATADO DE ÁLGEBRA, EN EL QUE EXTRAÑAMENTE RECHAZABA EL USO DE NÚMEROS NEGATIVOS.

William King, doctor (1786-1865).

KING, QUE NO TENÍA RELACIÓN ALGUNA CON EL MARIDO DE ADA, ERA MÉDICO, MIEMBRO DE LA IGLESIA UNITARIA (CORRIENTE CRISTIANA CONTRA LA IDEA DE LA TRINIDAD), Y DEFENSOR DE LAS MEJORAS SOCIALES Y LA EDUCACIÓN PARA LAS CLASE MARGINADAS, PARTE DE SU ACTIVIDAD CON EL MOVIMIENTO LLAMADO DE COOPERACIÓN. ERA AMIGO Y CONSEJERO DE ANNABELLA BYRON, Y CONTRIBUYÓ A LA TEMPRANA FORMACIÓN MATEMÁTICA DE ADA LOVELACE, RECOMENDÁNDOLE LA LECTURA DE EUCLIDES Y EL MODO DE ESTUDIO TRADICIONAL QUE ÉL HABÍA SEGUIDO EN CAMBRIDGE AÑOS ATRÁS, ANIMÁNDOLA TAMBIÉN A REALIZAR OBSERVACIONES ASTRONÓMICAS.

Mary Somerville (1780-1872).

SOMERVILLE FUE UNA CIENTÍFICA ESCOCESA PARTICULARMENTE FAMOSA POR SUS CONOCIMIENTOS MATEMÁTICOS Y ASTRONÓMICOS. A PESAR DE LA FALTA DE APOYO DE SU FAMILIA Y SU PRIMER MARIDO, ESTUDIÓ POR SU CUENTA LATÍN Y MATEMÁTICAS PARA PODER LEER LOS TRABAJOS CIENTÍFICOS RECIENTES Y AVANZAR EN SUS ESTUDIOS. FUE, JUNTO CON CAROLINE HERSCHEL, LA ÚNICA MUJER DE ESTE PERIODO QUE RECIBÍA UN PAGO POR SU ACTIVIDAD CIENTÍFICA. PUBLICÓ UNA TRADUCCIÓN DE *LA MECÁNICA CELESTE* DE LAPLACE, AÑADIENDO UNA EXPLICACIÓN DE TODAS LAS MATEMÁTICAS NECESARIAS PARA COMPRENDERLA, QUE LA HIZO FAMOSA, Y POSTERIORMENTE PUBLICÓ VARIAS OBRAS CIENTÍFICAS MÁS. INTRODUJO A ADA LOVELACE EN LA SOCIEDAD CIENTÍFICA DE LA ÉPOCA Y LA ACONSEJÓ EN SUS ESTUDIOS MATEMÁTICOS DURANTE AÑOS.

Charles Babbage (1791-1871).

MATEMÁTICO, CIENTÍFICO E INVENTOR DE LA MÁQUINA ANALÍTICA, BABBAGE FUE UNA DE LAS GRANDES INFLUENCIAS CIENTÍFICAS EN LA VIDA DE LOVELACE. ESTUDIÓ EN CAMBRIDGE, DONDE ADEMÁS DE CREAR LA SOCIEDAD ANALÍTICA JUNTO CON HERSCHEL Y PEACKOK, PARA EL AVANCE DE LAS MATEMÁTICAS, FORMÓ PARTE DE OTRAS SOCIEDADES, COMO *THE GHOST CLUB*, ASOCIACIÓN DE INVESTIGACIÓN DE FENÓMENOS PARANORMALES, Y LA DE EXTRACTORES, CREADA PARA RESCATAR A CUALQUIER MIEMBRO QUE FUERA ENCERRADO EN UN MANICOMIO. PUBLICÓ NUMEROSOS ARTÍCULOS CIENTÍFICOS, SOBRE ELECTRICIDAD, MAGNETISMO, INSTRUMENTOS ASTRONÓMICOS, MATEMÁTICAS Y OTROS TEMAS, ADEMÁS DE INVENTAR Y DISEÑAR DIVERSAS MÁQUINAS.

Augustus De Morgan (1806-1871).

DE MORGAN FUE UNO DE LOS MATEMÁTICOS MÁS IMPORTANTES DE SU ÉPOCA, DEDICADO AL ESTUDIO DEL ÁLGEBRA, EL CÁLCULO Y LA LÓGICA. ERA EL PROFESOR DE MATEMÁTICAS DEL UNIVERSITY COLLEGE LONDON, CON FAMA DE SER UN BUEN MAESTRO, QUE ANIMABA A SUS ALUMNOS A COMPRENDER LOS PRINCIPIOS MATEMÁTICOS FUNDAMENTALES Y NO A MEMORIZAR EJERCICIOS. ESTABA CASADO CON LA HIJA DE WILLIAM FREND, SOPHIA. CUANDO SE CONVIRTIÓ EN TUTOR DE ADA LOVELACE EN 1840 UTILIZÓ SU GRAN OBRA *CÁLCULO DIFERENCIAL E INTEGRAL*, QUE ESTABA PUBLICANDO, COMO BASE DE SUS ESTUDIOS. EN SUS CARTAS LE DABA EXPLICACIONES, CONSEJOS PARA ESTUDIAR Y ANIMABA SUS INTERESES.

Luigi Menabrea (1806-1896).

LUIGI FEDERICO MENABREA FUE INGENIERO, DOCTOR EN MATEMÁTICAS, Y PROFESOR DE MECÁNICA Y CONSTRUCCIÓN EN LA ACADEMIA MILITAR Y EN LA UNIVERSIDAD DE TURÍN. FUE EL AUTOR DEL ARTÍCULO "NOCIONES SOBRE LA MÁQUINA ANALÍTICA DE CHARLES BABBAGE", QUE ADA LOVELACE TRADUJO DEL FRANCÉS Y PUBLICÓ JUNTO CON SUS NOTAS EXPLICATIVAS. SIN DEJAR SU ACTIVIDAD CIENTÍFICA, Y ADEMÁS DE PARTICIPAR COMO MILITAR EN LAS GUERRAS DE LA INDEPENDENCIA DE ITALIA, MENABREA HIZO POSTERIORMENTE CARRERA POLÍTICA. FUE MINISTRO DE OBRAS PÚBLICAS, DE ASUNTOS EXTERIORES Y DE MARINA ANTES DE LLEGAR A SER PRIMER MINISTRO DE ITALIA, Y FUE POSTERIORMENTE EMBAJADOR EN EL REINO UNIDO.

Charles Wheatstone (1802-1875).

FUE UN CIENTÍFICO E INVENTOR INGLÉS, FUNDAMENTALMENTE CONOCIDO POR SU PARTICIPACIÓN EN LA INVENCIÓN DEL TELÉGRAFO. ENTRE OTRAS CONTRIBUCIONES, INVENTÓ EL ESTEREOSCOPIO, Y BASÁNDOSE EN EL TRABAJO DE OTROS CIENTÍFICOS, DESARROLLÓ UN MÉTODO PARA MEDIR LA RESISTENCIA ELÉCTRICA DE LOS CONDUCTORES, QUE SE CONOCE COMO *PUENTE DE WHEATSTONE*, CONSTRUYÓ UN RELOJ ELECTROMAGNÉTICO, UN "RELOJ POLAR" PARA UTILIZAR EN EXPEDICIONES AL POLO, Y FUE UNO DE LOS CREADORES DE LOS GENERADORES ELÉCTRICOS. HIZO TAMBIÉN CONTRIBUCIONES A LA CRIPTOGRAFÍA, CREANDO EL LLAMADO *CIFRADO DE PLAYFAIR*, QUE SE UTILIZÓ HASTA LA PRIMERA GUERRA MUNDIAL. ERA EDITOR DE LA REVISTA *SCIENTIFIC MEMOIRS* DE TAYLOR, Y PARECE QUE FUE QUIEN SUGIRIÓ QUE LOVELACE HICIERA LA TRADUCCIÓN DEL ARTÍCULO DE MENABREA PARA PUBLICAR EN 1843.

La máquina analítica de Charles Babbage y el algoritmo de Ada

BABBAGE COMENZÓ A DESARROLLAR SU MÁQUINA DIFERENCIAL PARA CONSEGUIR TABLAS DE CÁLCULO LIBRES DE ERRORES HUMANOS, CONSTRUYENDO EN 1832, CON EL INGENIERO JOSEPH CLEMENT, UNA SÉPTIMA PARTE DE ELLA, LA QUE MOSTRÓ A ANNABELLA Y ADA EN SU SALÓN Y QUE FUNCIONABA POR EL CONOCIDO MÉTODO DE LAS DIFERENCIAS FINITAS.

EN 1834 CONCIBIÓ UNA NUEVA MÁQUINA COMPLETAMENTE AUTOMÁTICA, CONTROLADA POR TARJETAS PERFORADAS COMO LAS DEL TELAR DE JACQUARD, LA MÁQUINA ANALÍTICA, PRECEDENTE DE LOS ACTUALES ORDENADORES, SOBRE LA QUE LOVELACE ESCRIBIÓ SUS NOTAS, INCLUYENDO LA FAMOSA NOTA G CON EL ALGORITMO QUE DESCRIBÍA CÓMO PROGRAMAR LA MÁQUINA PARA QUE REALIZARA UN CÁLCULO CONCRETO: EL DE LOS NÚMEROS DE LA SERIE DE BERNOULLI.

LA MÁQUINA ANALÍTICA SERÍA CAPAZ DE EJECUTAR TODAS LAS OPERACIONES DEL ANÁLISIS MATEMÁTICO. ESTARÍA COMPUESTA POR VARIOS MILES DE RUEDAS DENTADAS Y OTROS MECANISMOS. TENDRÍA UNA ZONA CENTRAL DE PROCESAMIENTO, LLAMADA EL MOLINO (*THE MILL*) DE MÁS DE 4,5 M DE ALTURA, UNA ZONA PARA LA MEMORIA, LLAMADA ALMACÉN (*THE STORE*) QUE TENDRÍA MÁS DE 6 M DE LARGO, E INCLUIRÍA UNA IMPRESORA DE DATOS Y UNA DE GRÁFICOS, Y UNA PERFORADORA DE TARJETAS. UTILIZARÍA VARIOS TIPOS DE TARJETAS, CON DATOS, VARIABLES, E INSTRUCCIONES. TENDRÍA CASI EL TAMAÑO DE UNA LOCOMOTORA Y HUBIERA NECESITADO ENERGÍA A VAPOR.

BOCETOS

PRIMEROS BOCETOS DE ADA, PROBANDO VARIOS PEINADOS DE LA ÉPOCA..

ANNABELLA, MADRE DE ADA.

ADA DE NIÑA, TAMBIÉN CON SOMBREROS.

VARIAS EXPRESIONES PARA ADA.

ESTUDIO DE EXTRESIONES DE BABBAGE. ERA UN HOMBRE PROPENSO AL ENFADO.

CHARLES BABBAGE.

W. KING
WILLIAM KING.
MICHAEL FARADAY
FARADAY.
CHARLES WHEATSTONE
WHEATSTONE.
W. FREND (1830)
WILLIAM FREND.
CHARLES LYELL.
JOHN HERSCHEL.
MARY SOMERVILLE.
MARY SOMERVILLE
JOHN HERSCHEL
LYELL

OTROS PERSONAJES ANÓNIMOS.
AUGUSTUS DE MORGAN.
De Morgan
CONDE DE LOVELACE, MARIDO DE ADA.
GASPARD de PRONY
GASPARD DE PRONY.
W. KING (MARIDO)
LUIGI MENABREA.
MENABREA.

ESTUDIOS DE VESTUARIO.

LA MODA EN INGLATERRA CAMBIÓ SENSIBLEMENTE DURANTE LOS AÑOS EN QUE ADA CRECIÓ Y SE HIZO ADULTA.

EN EL CÓMIC ES IMPORTANTE DIFERENCIAR ENTRE LOS VESTIDOS DEL PERIODO REGENCIA Y LOS DEL PERIODO VICTORIANO.

Bibliografía:

SI QUIERES SABER MÁS SOBRE ADA LOVELACE Y OTROS CIENTÍFICOS DE SU ÉPOCA, PUEDES LEER, EN CASTELLANO:

HOLLINGS, C.; MARTIN, U.; RICE, A.: *ADA LOVELACE. LA FORMACIÓN DE UNA CIENTÍFICA INFORMÁTICA*, PUBLICACIONS DE LA UNIVERSITAT DE VALÈNCIA, QUE ES LA OBRA MÁS RECIENTE ESCRITA POR ESPECIALISTAS.

ESSINGER, JAMES (2015): *EL ALGORITMO DE ADA: LA VIDA DE ADA LOVELACE, HIJA DE LORD BYRON Y PIONERA DE LA ERA DE LA INFORMÁTICA*, ALBA EDITORIAL.

Y EN INGLÉS, EN EL BLOG DE STEPHEN WOLFRAM:

HTTPS://WRITINGS.STEPHENWOLFRAM.COM/2015/12/UNTANGLING-THE-TALE-OF-ADA-LOVELACE/

Y LOS LIBROS:

BAUM, JOAN (1986): *THE CALCULATING PASSION OF ADA BYRON*, ARCHON BOOKS.

MOORE, DORIS LANGLEY (1977): *ADA, COUNTESS OF LOVELACE*, JOHN MURRAY.

SEYMOUR, MIRANDA (2018): *IN BYRON'S WAKE*, SIMON & SCHUSTER.

STEIN, DOROTHY (1985): *ADA: A LIFE AND A LEGACY*, MIT PRESS.

TOOLE, BETTY ALEXANDRA (1992): *ADA, THE ENCHANTRESS OF NUMBERS*, STRAWBERRY PRESS.

WOOLLEY, BENJAMIN (1999): *THE BRIDE OF SCIENCE: ROMANCE, REASON, AND BYRON'S DAUGHTER*, MACMILLAN.

PODÉIS LEER EL ARTÍCULO ORIGINAL DE LOVELACE CON SUS NOTAS, INCLUYENDO EL DIAGRAMA EN LA NOTA G, EN GOOGLEBOOKS, Y EN HTTP://WWW.FOURMILAB.CH/BABBAGE/SKETCH.HTML

LAS CARTAS ORIGINALES ENTRE ADA LOVELACE Y AUGUSTUS DE MORGAN SE PUEDEN LEER EN EL SITIO WEB DEL CMI (WWW.CLAYMATH.ORG), Y EN EL FUTURO HABRÁ MÁS DOCUMENTOS ORIGINALES DISPONIBLES DEL ARCHIVO LOVELACE-BYRON QUE SE CONSERVA EN LA BODLEIAN LIBRARY DE LA UNIVERSIDAD DE OXFORD.

EN EL MUSEO DE LA CIENCIA DE LONDRES SE PUEDE VER LA PARTE DE LA MÁQUINA DIFERENCIAL ORIGINAL DE BABBAGE, ASÍ COMO UNA RECONSTRUCCIÓN MODERNA DE LA MÁQUINA COMPLETA, ¡QUE FUNCIONA PERFECTAMENTE!

¡NO OLVIDÉIS CONSULTAR LA WEB HTTPS://FINDINGADA.COM !

ESTE CÓMIC HA SIDO PUBLICADO GRACIAS AL APOYO DE TODOS LOS MECENAS QUE CONTRIBUYERON A TRAVÉS DE LA WEB DE VERKAMI. ¡MUCHAS GRACIAS, AMIGOS!

C2 colección científicos

INFO@ANILLODESIRIO.COM

WWW.COLECCION-CIENTIFICOS.COM

@COLCIENTIFICOS

FACEBOOK.COM/COLECCIONCIENTIFICOS

INSTAGRAM.COM/COLECCIONCIENTIFICOS